아버지의 늪

황금알 시인선 124
아버지의 늪

초판발행일 | 2016년 3월 31일

지은이 | 양민주
펴낸곳 | 도서출판 황금알
펴낸이 | 金永馥
선정위원 | 김영승 · 마종기 · 유안진 · 이수익
주간 | 김영탁
편집실장 | 조경숙
표지디자인 | 칼라박스
주소 | 03088 서울시 종로구 이화장2길 29-3, 104호(동숭동, 청기와빌라2차)
물류센타(직송 · 반품) | 100-272 서울시 중구 필동2가 124-6 1F
전화 | 02)2275-9171
팩스 | 02)2275-9172
이메일 | tibet21@hanmail.net
홈페이지 | http://goldegg21.com
출판등록 | 2003년 03월 26일(제300-2003-230호)

값은 뒤표지에 있습니다.

ISBN 979-11-86547-30-4-03810

아버지의 늪

양민주 시집

황금알

| 시인의 말 |

광장 안에는 한 사나이가 늘 서성거리고 있었다

사나이를 들인 이후로

광장은 지끈거리는 머리로 아파해야만 했다

한 번쯤은 생각을 비워야 살아갈 것 같았다

2016년 봄 신어산 자락에서

양민주

차 례

2부

3부

4부

1부

울력

배고개 길목 상엿집에
늙은 땅꾼이 살았다
겨울이 되어 그 모습 보이지 않아
이장이 들여다보았더니
이불을 덮은 채 얼어 죽어 있었다
동네 사람들은 그곳으로 모여들어
가마니에 시체를 말아
생이골 양지쪽에 묻어주었다
햇살이 조문하고 지나가는 날
여우비 내리고
보리가 푸르게 푸르게 자랐다
그 영혼이
보리를 키워준다고 생각했다

웃음소리

자전거를 처음 타던 날
바람이 세차게 불어
비틀거리다 도랑에 처박혔다
아픔도 느끼지 못하고
기어 나오는데
나를 무너뜨린 바람도 웃고
빙그르르 돌아가는 바퀴도 웃고
터진 바지 사이로 팬티가
하얀 이를 드러내어 웃고
미루나무도 배를 잡고 웃는지
등이 휘었다

리좀, 상량을 그리다

아버지는 상량문을 쓰고 계셨다
태극을 그리고 삼각을 그리고
용龍과 귀龜 적으실 때
나는 잘려나간 동량을 굴리며 마차놀이를 했다
아버지의 붓 위로 마차는 달렸다
손사래 치시는 아버지, 잠자코
용을 날려 보내고 거북을 방생하셨다

새가슴 졸인 무아의 순간
대지의 대접젖을 물고 꼬박꼬박 졸던
마당 가 석류나무 불거진 눈을 뜨고
가두어진 용이 움츠린 거북이
꿈틀거리기 시작했다

배흘림기둥으로 흘러내리는
관속에 누운 아버지, 거북처럼 고요하다
그리움 용머리처럼 치뜨는 불, 냉기가
뼛속까지 스며들며 운다
높이 뜬 아버지의 상량

걸어가는 하늘의 풍채를 본다
나는, 용과 거북을 앞세워 아버지를 새긴다

양파 산성

고향에 가면
붉은 망에 양파를 담아
아스팔트 길가에 성을 쌓아 놓았다
성은 산에만 쌓는 줄 알았다
성은 모난 돌로만 쌓는 줄 알았다
성은 옛날의 유물인 줄 알았다
풍년이 들수록 성은 길게만 쌓이고
그만큼 불신의 벽은 단단해지고
성문에는 굽은 허리 짚고
뒷걸음치는 지팡이로
양파 뿌리 같은 머리카락이 경계를 선다
날 세운 햇빛을 앞세워 후드득
쳐들어오는 한줄기 소나기
오락가락하는 장맛비 전쟁에
썩어 허물어지는 성곽
가증스러운 각다귀 떼가 점령한다
이길 수 없는
전쟁이란 걸 알면서도
해마다 아버지는 성을 쌓았다

단풍잎이 아름다운 이유

물끄러미 창밖을 본다

맑은 가을 햇살 아래
젊은 단풍잎 늙은 단풍잎 어우러져
날씬한 다리를 뽐내며 춤을 추고 있다
바라보는 시선에 매혹되어
붉은 치마를 팔랑대며
캉캉을 추고 있다

단풍잎은
언제 떨어질지도 모른 채
춤을 추고 있다

아버지의 늪

늪은 제 몸 동여매어 겨울잠 자고
정수리 숨구멍만 빠끔히 열었다
기러기 노랫소리 하늘 덮던 새벽

오줌 마려워 잠 쫓아 눈 비빌 때
새벽잠 없던 아버지
내 머리 쓰다듬으며
호젓이 한 말씀 던지셨다
기러기들이 소벌牛浦의 숨구멍 찾아간다고

삶의 향연 속으로
기러기 떼 무심히 빠져들면
백발로 피어나는 안개의 늪은
잔잔한 호흡으로 출렁거렸다
갈목 애연한 우포늪
한겨울에도 잠들지 않는 숨구멍으로
아버지는 거친 숨결로 빠져들었다

새벽 동살이 잡혀 올 때

우포늪 위로 커다란 보름달 사위고
기러기가 하늘을 훨훨 날았다

가설극장

반딧불이 날아왔다
섬처럼 공터를 둘러싸
천막이 쳐진 하늘 위로 별이 총총한
어둠에서만 보이는 세상
내게 처음인 그곳은 고적이었다
직선의 빛이 시선 따라 움직이고
자르르 돌아가는 영사기 울림
눈물 없이 볼 수 없는 영화에
흑흑 흐느끼는 별
천막이 걷히고 영화가 끝나면
둥근 달을 굴리며 집으로 왔다
어설픈 영화 이야기에
아버지는 웃으며 관람료를 주시고
나는 시골길 십 리를 내달리며
느리게 오는 밤을 기다렸다
어두운 밤길이 환했다

낙동강

아버지는 흐리고 조용합니다 태풍의 전조입니다 아버지의 보리밭이 썩은 물에 침식되어갑니다 밭둑가 버드나무 잎은 숨이 죽어 작은 떨림도 없습니다 땅뙈기는 아버지의 가슴입니다 물은 자라서 누런 이빨을 드러냅니다 홀로 피어 있는 꽃을 봅니다 수장되기 전의 꽃은 고개를 숙이고 눈을 감습니다 아버지는 비가 올 적마다 강가에 나갔습니다 멀리 먹구름이 피어오르자 물은 자꾸만 자라납니다 보리밭의 경계는 흐르지 않는 물입니다 아버지는 보리 베던 낫을 물끄러미 바라보았습니다 물이 발목을 삼키자 낫으로 물을 내려찍습니다 물은 언제 그랬냐는 듯 꿈쩍도 하지 않습니다 더욱 사납게 커져 올 뿐입니다 아버지도 더욱 사나워졌습니다 윗옷을 벗어던지고 물의 멱살을 잡고 따귀를 후려칩니다 싸움은 계속되었습니다 구경나온 바람은 떼거리로 잠잠합니다 떨어져 나간 바람은 어스름 저녁 안개의 먹잇감입니다 아퀴지을 듯 아버지는 물의 뱃속으로 들어가 창자를 쥐어뜯었습니다 흐르지 않는 물은 아버지보다 강했습니다 아버지의 손에는 보리이삭이 한 움큼 잡혀있었습니다 태풍이 지나갔습니다 지친 아버지는 흐리고 조용합니다

외나무다리

폭풍이 울고 가자
버드나무는 외나무다리로 엎어졌다
풀어헤친 머리와 허연 발등으로
팽팽하게 버티고 있다
물에 뿌리내린 부초
갈 길 잃어 수면을 맴돌고
뻐금대는 붕어가
휘어지려는 버드나무의 척추를 걱정한다
외나무다리 위 나뭇가지 하나
수직으로 몸을 곧추세웠다
쓰러졌어도 애채를 키우는 졸가리 둥치
물을 짜 올리느라 시커먼 주름이 졌다
주름 사이를 헤집는 빛살에
말라가는 밑동이 물그림자로 앉는다
잎은 파란에 흔들려 푸르게 자라고
둑 가의 갈대는 절을 올린다
아픈 삭신에 험한 물길 건너는
아버지의 척추를 밟고
외나무다리를 건너지 못하는 나

푸른 하늘 향해
팔을 벌리고 팔을 벌리고

연탄불상

낮짝에 햇살이 반짝였다
검은 피부에 걸맞은 구멍
모자라도 썼더라면 감춰졌을까
곱슬머리가
고사리였을지도 모를 조상을 그린다
추위에 벗고 있는 가련함을 알까
호흡을 가다듬는 기척으로
불꽃을 피우며 붉게 타오른다
이발관 문 틈새로 달아나는 추위
도망가는 추위는 쫓지 않는다
쫓았다면 활활 타오르는
산불이 되었을지도 모를 일
중생衆生이 그 앞으로 손바닥을 들이밀자
대좌臺座에 가부좌를 튼
연탄불煉炭佛이 된다
그는 신진화멸薪盡火滅 했다
색즉공色卽空
죽어서 하얗게 변한 낮짝이
초연하다. 불꽃이

검은 낯짝에 하얀
분칠해놓고 홀연히 떠났다

개와 늑대의 시간

북새에 낙동강을 바라보면
간이 딱딱하게 굳어서
돌아가신 아버지가 생각난다
피가 흐르지 못해
굳어버린 돌덩이 같은 간
손으로 꾹꾹 눌러도
아프지 않다는 아버지
절망의 미소를 지으셨다
고여 있는 강물 속에
굳어가는 간을 숨긴 낙동강
물결의 썩은 미소가
죽기 전 아버지를 닮았다
황금빛 누런 보리가 자라던 강가엔
외래종 잡풀이 우거지고
풀 뜯는 소는 우리에 감금되고
막걸리 주전자 들고 심부름하던
소년은 간 곳이 없다
굳은 간으로 드러누운 저 모습은
돌아가신 아버지인가 낙동강인가?

봄물

벚꽃비 내리는 굽은 오솔길
손자의 뒤를 할아버지 따라간다
돋아나는 새잎은 푸르고
벚나무 둥치는 온통 늙어 보인다
손자의 얼굴은 우윳빛
춘흥에 겨워 들이켠 막걸리에
할아버지의 얼굴은 홍조를 띠었다
뒤뚱뒤뚱 뛰다가 급하게 돌아선 손자
"할아버지 쉬−이! 쉬−이! 쉬−이!"
옳거니, 햇살에 졸고 있는
길고양이 깨우지 말라는 뜻
할아버지 빙그레 미소 지으며
집게손가락 세워 입에 댄다
손자의 매생이 같은 머리카락을
동풍이 흔들고 간 뒤
가랑이 사이로 녹아내리는 봄물

고흐의 구두

주간신문에 황새 사진이 실렸다
내 눈을 키운 이것은 환영 혹은 고흐
초혼의 적삼 타고 날아온 넋일까

늦은 구두끈을 풀고 황새의 발을 들였다
가는 다리에 한줄기 적막이 신겨지고
두리번거리는 수면의 파문
황새는 번갈아 구두를 한 짝씩 신었다
신겨지지 않은 구두는 이슬에 젖어 목이 꺾이고
신겨진 구두는 입구가 둥글었다

험로에 증표로 떠 있는 낮달
야윈 발목에 큰 구두를 끌고 가는 아버지
간혹 황새가 되기도 하는
그것은 이승과 저승의 삶이 아닐까

물고기를 부리로 꽉 집어삼키고
긴 목을 빼고 꺽 꺽 꺽 울음을 날리자
늦은 갈색 수의 갈아입고 영원의 문을 연다

물결이 잠든 순간 갈대는 고개를 들고
황새는 구두를 벗어두고 떠나버렸다

목이 꺾어진 고흐의 구두 한 켤레만 남았다

주간신문에 황새의 울음이 실리고
새 구두를 신은 아버지의 옷자락이 펄럭인다

바람의 불면

남자는 낯선 곳으로 옮겨 다닌다
창으로 지어진 집에서 벽으로 지어진 집으로
산에서 강으로
한 곳에 머물지 못하는 기질적 장애를 지녔다
술을 좋아하는 그 남자, 언제나 비틀거렸다
나무에 부딪힐까
물에 빠질까

나무의 울음에 분열되는 혼
청천을 배회한다
회오리로 솟아오르다가 폭풍으로 쓰러지다가
스스로 무덤을 파는 그 남자
아득히 외도를 한다는 풍문
불륜은 잠에서 온다는 사실에
한 번도 잠든 적이 없다

긴 겨울이 지나서야
목련꽃 피워 올리는 재주를 본다

리좀, 의자에 관한 단상

귀갓길 돌아갈 곳 없는 의자는 홀로 낯선 거리를 떠돈다 내 의자 옆엔 같은 크기의 의자가 있다 소주를 든 아내가, 비 오는 날 학원 처마 밑에 쭈그리고 앉아 있던 아이가, 내가 좋아하는 나무가 심어진 화분이 앉기도 했다 노을 한 자락 지나갔다 의자에 앉아 발을 움직이면 부르릉부르릉 소리 내며 마음먹은 대로 펼쳐지는 풍경들, 처진 어깨로 책가방 메고 학원 처마 밑에 쭈그리고 앉아 있던 낯익은 얼굴이 노을처럼 붉게 웃고 있다

아버지는 의자 위에 노을을 얹어 집에 왔다 아버지 의자 뒤엔 더 큰 노을이 앉은 의자가 있다 때론 내가, 때론 동생이, 때론 씨암탉이 앉기도 했다 의자에 앉아 다리를 움직이면 차르륵차르륵 소리 내며 마음먹은 대로 갔다 아버지의 옷에선 풀떼기 향기가 났다 가끔은 삼거리 주막집 아줌마 분 냄새가 나기도 했다 세상의 의자이신 아버지

피는 진하다

아버지 기일에
세 아버지가 모였다
모습이 닮은 아버지와
성질이 닮은 아버지가
바둑을 두고 있다
정적이 기웃거린다

"형님, 그곳은 축머리입니다"

모습과 성질이 닮은
아버지가 훈수를 둔다

병풍 앞의 아버지
빙그레 웃고 계신다

2부

가뭄

황사 자욱한 산의 늑골에
산불이 피어오른다
어머니 쪼그라든 젖가슴에
가뭄이 들었다
여기저기 물을 대느라
손바닥이 갈라 터지고 말라서
낙엽처럼 가벼워져 날아갈 것 같다
수분이 빠져나간 자리
가뭄 든 사실조차 잊어버리고
마중물을 찾는다
외가 앞을 가로 흐르는 시냇물
맑은 물이 있다고 길을 나선다
오래된 기억만 살아남는, 아름다운
병이 깊어가는 줄 아는지 모르는지
야위어 뼈가 앙상한
황사가 심한 봄날에 다녀와서는
해갈되길 간절히 빌고 빌었다
산불을 눈물로 끌 수 있다면 그믐밤의
짐승처럼, 나는 영원히 울음 울겠다

리좀, 등신대

쓰러진 관솔나무 둥치 톱으로 자르고 나이테를 열었다
점은 작은 원에서 큰 원으로 멀어져 있었다
껍질에 숨어있던 생의 크기는 그가 죽은 후에 드러났다
진득한 눈물의 바깥 테두리만큼이 생의 크기였다
이제는 달이 부풀어도 세월은 그 위를 지나가지 않는다

현관문을 열면 마주 보이는 벽면에 남농의 소나무가
산다
  벽은 메말라도 못을 잡아주는 손아귀의 힘이 세다
  벼락을 맞아 부러진 소나무 가지 청룡언월도 같다
  소나무는 늘 같은 키에 푸르고 아름다운 모습이다
  붉은 해를 품고 세월을 삼켜도 나무는 자라지 않았다

파과破瓜의 처자가 소나무 관속에 못 들고 땅속에 묻혔다
흙은 정갈한 아픔의 이유로 백골로 스며들 수 없었다
까마득한 기억 속에서도 그 처자를 받아들이지 못했다
육신은 썩어야 한다는 섭리를 잊고 긴 통증의 잠을 잤다
죽어서 말간 눈빛으로 솔터에 피어난 한 송이 솔꽃*

* 비사벌 순장소녀 송현이

35

나무의자

폐교된 초등학교 교실엔
산을 그리워하는 나무의자가 있다
늘 앉아만 있는 의자가 있다
부러진 의자엔 기울어진 구도로
거미들이 집을 지어 쉰다
옹이 빠진 의자 구멍 속으로
보리밥 먹는 까만 눈동자와
바닥에 오줌을 흘리는 아이가 보이고
의자를 슬그머니 빼자 벌러덩 넘어진
친구의 모습과 웃음소리 날아오른다
미혼인 선생님의 뜻 모를 큰 눈과 화장실
청소하던 어린 시절이 어우러지고 있다
벽에 붙은 담쟁이덩굴 타고
가끔 발 없는 별이 내려오거나
갈고리달이 구름의 목말을 타고 놀 때
어둠은 의자에 앉아 쉬어간다
삶의 한 자락을 내어줄 수 있던
옛날의 네가 되고 싶은 나는
산을 그리워하는 나무가 되고 싶다

산의 눈길

운동장 가장자리를 박음질하듯 걷는다

한 바퀴 돌고
산 한번 쳐다본다
연두

두 바퀴 돌고
산 한번 쳐다본다
초록

세 바퀴 돌고
산 한번 쳐다본다
주황

네 바퀴 돌고
산 한번 쳐다본다
하양

산은 사철 그윽한 눈길로 굽어보고 있었다

먹먹한 구멍

어머니와 아버지가 나란히 누워있는
무덤 사이에 짐승이 구멍을 파놓았다
아버지가 시킨 것일까
어머니가 시킨 것일까
산 위에 외로이 정박하셨던 아버지는
어머니가 보고 싶었을 테고
세상에 외로이 표류하셨던 어머니는
아버지가 그리웠을 터이니
나란히 눕자 가만히 손을 잡아 볼
구멍 하나 필요했을 것이다

길을 가다 구멍이 보이면
구멍을 막아버리는 버릇이 있었다
이놈의 짐승 새끼 숨 막혀 죽어버려라
깜깜한 어둠 속에서 면벽으로 반성하여라
발로 흙을 뭉개버렸다

오늘은 무덤 사이에서
마음의 구멍으로 빛이 든다

구멍을 파는 짐승이
내 가슴을 먹먹하게 한다
서로 손잡게 하는 그리움에 갇혀운다

덧정

뱀 닮은 길 따라 오르는 은하사銀河寺
어머니의 숨소리에 재넘이 깨어난다
외숙모가 그림 전시회 초청장 보냈더라
가고 싶은데 기력이 없다
조용한 말씀에
범종루 처마 밑 늙은 목어 한 마리
눈뜬 채로 모천母川을 그리고
하늘 담은 샘물엔 배롱나무 숨어들어
연분홍 비단옷을 감춘다
등 굽은 우듬지 꽃, 아름답다 말 못하고
고운 옷은 며느리가 입어야지
조용한 말씀에
파문으로 오는 덧정
내 언제 어머님 옷 한 벌 사드렸나
조롱박에 물 받아 꾸역꾸역 삼킨다

산의 얼굴

산꼭대기
안개가 웃고 있다
들솟고 있는 안개를 보며
걸림이 없음을 욕심낸다
산과 하늘의 경계엔
소리 없는 정경이 흐르고
돌너덜 초록의 나무는
억수에 씻긴다
비 오는 날의 습관으로
먼 산을 바라보면
하얀 머리카락의
어머니가,
웃고 계신다

수수밭에 들다

강가 수수밭의 수수들이
머리 숙여 오목눈이를 부를 때
나는 여동생에게 시비를 건다
오빠가 밉다는 여동생
악에 받쳐 고함을 지르면
그 소리에 놀란 어머니
부지깽이 들고 달려온다
벗겨지는 신발을 버리고
키 큰 수수밭으로 뛰어들어
귀를 세워 쪼그려 앉으면
수숫대는 긴 잎을 늘여 나를 가려주고
바람은 내 거친 숨소리를 앗아간다

파란 하늘 언저리, 햇살에 눌려
핏빛으로 영근 수수들
그 사이로 하얀 낮달이 잠을 잔다
바스락거리는 어머니 발걸음 소리에
오목눈이는 지저귐을 멈추고
떨리는 내 몸은 움츠러든다

머리 숙여 생각하면
평생을 갇혀 나오지 못할
그런 수수밭이 있다

하늘변기

나와 누이 그리고 어머니는
땡볕에 콩밭을 매고 있었다
밭의 이랑은 몹시 길었다
나는 지겨워 호미를 팽개치고
나오지도 않는 똥을 누러 갔다
밭머리 수풀 속에 쭈그리고 앉아
보드라운 쑥을 뜯어
밑씻개를 만들며 시간을 보내다가
"니 뭐하노! 퍼뜩 안 매나?"
어머니의 말랑한 말씀에
깜짝 놀라 술 술 술 뽑아내는
가래떡
파란 하늘에서 지켜보던 종다리
쭈르르빼고 쭈르르빼고 조롱하듯
지저귀며, 하늘에다
물똥을 좌악 갈기고

열대어의 죽음

삼 년을 키워온 황금색 열대어는
나무 키우는 방법을 알았다
유리 벽 너머로
나의 행동을 껌벅이며 관찰했다
삼일에 한번 물 주는 것을 보면서
나무도 물 마르면 죽는다는 사실을 알았다
시들어가는 나무에 물을 주려 했을까?
어머니 장례식을 치르고 온 날
열대어는 어항을 뛰쳐나와
거실 바닥에 죽어있었다
비릿한 냄새나는 열대어를
아파트 정원에 묻어주었다
한여름 정원의 주목은 키가 컸다

길 잃은 숲

길 잃은 숲이 내 안으로 들어왔다
가두고 싶은 마음에
미로를 만들고 이정표를 돌려놓았다
숲은 나와 한 몸이 되길 원한 듯
춤을 추고 솔-라 솔-라 노래를 불렀다
어린 내가 어머니를 잃어버렸던
그때와는 사뭇 다르게
길을 잃어버렸다는 의미도 모른 채
나풀나풀 날아오는
나비를 맞이하기도 했다
어둠이 오자
별빛에 운무를 덮고 잠을 잤다
햇귀에 눈 떴을 때
숲은 나를 낳아놓았다

끝물고추

마냥 푸른 것과 반쯤 붉다가 만 것
벌레가 집으로 사용하던 것
흰 반점으로 물러진 것
천명으로 지어진 사랑이다

변하지 않는 사랑이 두려워
땅으로 발 내리려 몸 부풀리자
가을은 좁아져 가고 나이는
갈기를 휘날리며 막달로 내달렸다

굵은 햇살 받아 버티는데
구김살 돋으며 가벼워져 갔다
금줄에 매달렸던 전생의 기억 뒤로
허리 꺾어 매운맛으로 눈물 흘렸던,
금쪽같은 씨앗 오롯이 품었던

어머니는 빛기둥을 등에 업고
고추나무보다 작아진 키로
흰 수건을 쓰고 끝물고추를 땄다

꽃 동갑

피어나는 것이 아름답다고 한 말을
믿을 수 없었다
세월이 바래지면 이런 색일까
삶에 대한 낙인일까
연륜을 드러내 보이는 흔적
시간이 녹아든 태양의 흑점에서
증발해버린 몽고반점을 생각했다
몽골의 푸른 초원 위 게르에는
어린아이의 엉덩이와 노인의 민낯이 살았다
젊음과 늙음 사이
거울 속을 빠져나와
나목의 길을 따라 산을 올랐다
축축한 대지의 무덤가 한편
눈 속에, 녹색 잎에 검버섯 무늬 선명한
얼레지가 피어있었다
얼추 어머니 나이로 보이는 꽃
얼굴 마주하고 바라보니
깃들이는 모양새가 아름다웠다

부엌

사내새끼는 부엌에 들어오지 말라고 했다 아궁이에 불을 지펴 밥을 짓고 싶은데 어머니는 자지가 삐뚤어진다고 부엌에 얼씬도 못 하게 했다 사내로 태어난 것을 후회하며 자지를 떼버리고 싶었다 부엌에는 개다리 밥상, 사기그릇, 박바가지, 나무주걱, 수저통, 대소쿠리, 드므가 있었다 청솔가지 불에 가마솥처럼 눈물 흘리는 어머니가 있었다

운동장

하얀색 선 따라 그리움 달려오면
팽팽히 당겨진 하늘 보자기에 숨었다
내 어릴 적 잡초 뽑던 곳
태양에 시든 잡초가
혀를 내고 할딱거리던

한 귀퉁이 도르래 달린 우물 속에
살이 오른 양버즘나무 몸단장을 하고
양손에 검정 고무신 쥐고
맨발로 고무공 차던 운동장
강바닥을 그리워하던 굵은 모래알갱이는
무릎으로 찾아들어 상처를 주었다
탱자나무 울타리 가시에 찔려
고무공 공기가 새면
어린 마음에 네 탓 하며 돌아섰다

경고, 수영금지
알몸으로 멱을 감다가
교장 선생님께 들켜

더위가 내리는 운동장에서
여자 친구들이 보는 앞에서
발가벗은 모습으로 잡초를 뽑았다

청명

마른버짐이 피자
참새가 사라졌다
수수께끼처럼 머리가 작아진 사람들
참새 머리가 되기 전에
바지랑대를 세우고 빨랫줄을 쳤다
초가집을 짓고
마당엔 덕석을 펴 볍씨를 말리며
참새가 오기를 기다렸다
초가지붕 아래서
청명에 죽으나 한식에 죽으나
마음 편한 할머니 햇빛을 모으고
녹슨 불 끄고 새 불 켜는 동안
찬밥 먹고 밭갈이 가시는 아버지
딸자식 위해 오동나무를 심는 어머니
빨랫줄에 앉은 다섯 마리의 참새
훠이훠이 쫓으면
파란 하늘이 둘로 나뉘고
수평의 계절이 열렸다

3부

여름 안개

장맛비 지루하게 퍼붓던 초여름 날, 장인은 처남이 죽은 한날한시에 말없이 눈을 감으셨다 세상에 이런 일이 생길 수 있나

비가 잠시 갠 이른 아침, 천지를 여름 안개가 포근히 감싸고 있다 순백한 안개는 자식을 먼저 보낸 아버지의 길이었다

잡아도 뿌리치고 장인은 아들을 찾아 큰 산으로 가셨다 장맛비 지루하게 퍼붓던 초여름 날

수직은 시리다

하늘이 낮은 흐린 저녁
눈이 올 것 같다
예측은 항상 비껴가지만
침묵의 함성을 파먹은 밤이
아침에 하얀 눈을 토해놓았다

눈에 부러진 나뭇가지 하나
수직으로 매달려 된바람에 울고 있다
맨살의 가지만 남겨두고
그 많은 잎은 어디로 떠났을까?

외투가 초라한 사람들
시린 손을 주머니에 숨긴다
가대기 하루살이꾼의 발자국이
깜박이는 초록 신호등에 놀라
일제히 사방으로 흩어진다

밀양의 거리

나무들이 바람을 혼내고 꺾어졌다
생채기 입은 바람은 난데로 가버리고
용광로 더위에 물방울은 말랐다
태양을 가리는 나무의 그늘이 깊을수록
밀양은 더위를 자랑했다

정육점에서 사내가 여자랑 다투고 있다
찬물을 삼키는 입으로 열을 토해낸다
저 믿을 수 없는 입이 칼에 썰려나가고
사내의 손에 하얀 갈비뼈가 천장에 걸렸다
말 없는 몽니들이 정육점을 떠돌고
사내의 붉은색 낯빛이 푸르게 변할 때
지폐를 받아든 여자는 뒤돌아 길을 나선다

삶을 풀고 가는 억척의 편린들
낡은 하루를 신은 여자의 발목이 유난히 가늘다
발목이 가는 나는
햇발에 아지랑이 몸을 비트는 거리에서
땀 흘리는 여름을 만난다

생의 방향을 가르는 이정표를 따라
나를 찾아 하루를 넘는 길바닥엔
노을까지 넘어져 붉은빛이 흥건하다
빛이 풍족하여 밀양이라 했던가

석양을 바라보며

산이 되어버리는 너를 믿을 수 없다
태곳적부터 피를 토하는 태양에
황량한 행성들이 다가와 경배하고
등을 보인 채 쓸쓸히 사라져 간다
행성이 되지 못한 그는
등을 보이기 싫어 태양을 바라보고 있다

초라한 등을 보인다는 것은
맹수의 싸움에서처럼 패배를 뜻한다
살아간다는 것은
무엇을 채우고 무엇을 비우는 일
혹은 그 무엇을 동경하는 일
한때는 시를 동경하여 고독했다
삶은 읊조리는 시가 아니라 노동이었다

노동의 손쉬운 방법은 단순하게 생각하는 일
하지만 쉽지 않다
왈칵 눈물을 쏟고서야 세상에 대해 관대하다
좀 더 자유로워지는 그의 눈에 태양이 가득하다

지금은, 산에서 태어나는 너를 믿을 수 있다
살아간다는 것은 너에게 등을 보이지 않는 것
고단한 긴 그림자를 외면하고
바라보며 피를 토하는 산, 울음소리, 울음소리

대동경운기

흙이 타는 저녁놀
들마에 든 도시의 변두리
하숙집 딸 잠자는 다리
가랑이 허름한 낙동강
두툼한 삼각주에 도요새
트트트 쫑쫑 날아오를 즈음
어둠을 부르는 갈대 가풀막
둑길 따라 사상공단 갔다

소가죽 앞치마 두르고
묻어둔 거푸집 속으로
붉은 쇳물 부어 넣으면
푸르게 피어오르는 연기
한 조각 젊은 생을 태워
허리 휘도록 만든 경운기
달려가는 바퀴의 외침이
귓바퀴를 당겼다

은행나무와 나

오래 서 있던 들을 빼앗기고
공원에 옮겨진 커다란 은행나무
잘린 가지에 하늘이 걸렸다
매달린 링거병과 쇠줄을 따라
지렁이를 끌고 가는 개미장 행렬
처량하다. 비둘기 한 마리
지친 몸으로 과자 부스러기를 쫀다
유모차 탄 아기의 시선은 허공에 머물고
자전거 타는 아이는 어지럽다

고향 떠나온 지 삼십 년
외롭고 쓸쓸하여 한 잔의 술을 마시고
아무도 없는 캄캄한 방을 향해
터벅터벅 걷던 때가 생각난다
은행나무가 나를 닮았다
살며시 은행나무를 끌어안는다
옷이 젖어 몸매가 드러난 분수대 위로
햇무리가 번져오는 여름날

리좀, 신 피타고라스 정리

　바다와 하늘은 섬과 구름의 집합체로 정의역과 공역이에요 하나의 섬과 하나의 구름은 대칭, 시간의 흐름에 따라 역상으로, 삼각함수로 각도만 비켜갈 뿐이에요 섬의 한 꼭짓점과 구름의 한 꼭짓점은 햇살로 이어져요 어둠이 내려와 햇살을 지워도 아침이 오면 숙명처럼 이어져 있어요 섬은 구름에 치환되고 갈 곳 잃은 구름은 섬에 치환되어요 동치관계예요 둘은 멀어져 있기에 불완전하고, 외롭다 말하지만, 과정은 합으로 정리되어요 解는 외롭지 않아요 세월이 갈수록 순서쌍으로 가요 예를 들면 달리다 멈춘 기린, 웅크린 범, 바다를 나는 새, 붕어가 잡힌다는 붕어, 동백꽃이 만발한 동백, 재즈를 부르는 자라…… 시간의 기저에는 결정 불가능으로 유리수와 실수로 하나가 모자라기도 하고 하나가 남아도 수열로 정리되지요 구름은 절댓값 양수, 섬은 절댓값 음수, 무모순성이에요 여백으로 교접하는 일심동체의 우주예요

서해

장인어른이 지게에 두엄 싣듯
해를 던져 올린 바다
목선 한 척이 개펄을 밟고
장모님이 바구니에 빨래 걷듯
해를 잡아 내린다
해는 저항의 아우성도 없다
성스러워 시선 돌리자
갈대 사이로 숨어 있는
정령들이 보이고
소원을 빌고 간 자리엔
촛농이 널브러져 있다
일몰 위에 지친 몸 세우자
아랫도리부터 차오르는 어둠
칠면초를 해풍이 쓸고 오면
게들이 달려갔다

비는 새소리를 타고 온다

새의 화음에 높새의 악보를 읽는다
비가 오려나 보다
찔레꽃머리 새소리는
구름을 울려 비를 내린다
비는 미끄럼틀을 타듯
새소리를 타고 온다
내리는 비는
찔레를 적시고 땅으로 스며든다
빗줄기 사이로 새떼가 날아오른다

미루나무

어릴 때
나무로 살고 싶어 올려다본 그 나무
하나둘 보이지 않아
나무로 살지 못했네
뿌리박고 사는 삶이 쉬울 리 있을까만
그리워
정처 없이 떠돌다 강가에 닿았네
호드기 가락 들릴 듯 청아한 길가에
그윽한 그 나무들 팔 벌리고 반겨주어
배꼽인사를 드렸네
머무를 수밖에, 떠날 수밖에 없었던
우리는 헤어지고 만나도
걸어온 길은 묻지도 않았네
걸어갈 길 앞에 손뼉을 치고 있었네

물결 탓

낙동강은
모래밭 물결무늬를 자랑했다
긴 파마머리 여자가
강변을 거닐고 있었다
물결무늬 위에 꽃잎의 흔적을
총총히 남기고 있었다
누군가의 부름에 이끌리듯
돌아서서 뒷걸음질을 치기도 했다

한아름 장미꽃으로
감동의 물결 일으키지 않았다면
한 이불 덮지 않았을 것이라는
장인어른의 딸은 물결 탓을 했다

진사도자기

흡월吸月한 흙이
불과 동침을 하더니
만삭의 여인이 되었다
연기가 스쳐 간 입술은
초록으로 변하고
불이 녹아든 아랫배는
붉게 물들어 아름답다
간밤에 반짝이던
별빛을 숨긴 여인
나는, 숨은 별빛을 찾고
마음의 때가 지워지도록
여인을 문지른다

올가미

수염이 없던 시절
한여름 가죽나무 우듬지에 매미가 붙어있었다
혼자인 나를 약 올리며 우는 것을 보니 수컷이었다
매미를 잡아 장난감 삼아 놀고 싶어
감나무 그늘에서 파리를 쫓는 암소의
꼬리 수염을 뽑아 간짓대 끝에 올가미를 만들었다
나뭇잎 사이로 찔러오는 햇살을 까만 얼굴로 받아내며
넌지시 매미 대가리 앞으로 가져가면
매미는 앞발로 올가미를 끌어다 대가리에 썼다
자기 발로 올가미를 쓰는 매미
계절이 지나가듯 서서히 아주 서서히 끌어당기면
깜짝 놀라 날갯짓하지만
간짓대 끝을 축으로 맴을 돌 뿐
매미는 순전히 나의 포로가 되었다

수염이 자라서
내가 세상의 올가미에 걸려 발버둥 칠 때
맴 맴 매-엠, 맴 맴 매-엠, 맴 맴 매-엠
울기를 바라며 매미의 아랫배를 간질이던 추억

세상은 올가미에 걸린 나를 잡아 똥구멍 간질이며
자꾸만 헛웃음 나오게 하고 있다
허 허 허-어, 허 허 허-어, 허 허 허-어
안 웃을 수가 없다

나를 장난감 삼아 놀고 있는 세상은
나를 언제쯤 풀어 줄까?

모퉁이를 돌면

볏가마니 실은 소달구지가
모퉁이를 돌아 사라지면
발동기 소리 퉁 퉁 퉁 들려왔다

엎드린 양철지붕 위 시커먼 연통에서
연기가 뿜어져 나오는
먼 친척이 한다는 방앗간

여자아이가 예쁘다는 소문에
골려줄 생각으로
모퉁이에서 땅을 차며 지나가기만 기다렸다

까무잡잡한 피부에 눈이 큰 소녀가
아는체하며 갸웃이 지나간 후
한 번도 모퉁이를 돌지 못했다

사라진 굴뚝

하늘 향해 연기 올리는 굴뚝을 찾아
상자에서 나온 아버지와 아들
접힌 거리를 펴며 상자 속으로 들어간다
반갑게 인사하는 때밀이 아저씨
꽃밭을 잘라 만든 팬티를 입었다
부끄러움을 벗고 상자 속으로 들어간다
자욱한 김이 탈출구를 찾아 도망가면
지친 불빛은 깨어난다. 머리를 물속에 처박고
아가미가 생길 때까지 숨을 참는다
지느러미가 생기기도 전에
눈알이 튀어나올 것 같아 머리를 쳐든다
벽에는 산과 나무와 바위와 폭포가 있고
옷을 잃어버린 선녀도 있다
자세를 낮추어 선녀의 몸매를 곁눈질한다
구멍 난 의자에 앉아 거울을 보며 몸을 씻고
푸른 바가지의 물길을 통과한다
태초의 모습으로 태어난 아버지와 아들
상자를 빠져나와 담장 없는 세상을 날자
거대한 굴뚝이 자취를 감춘다

낙동강 가 산비탈

우거진 숲으로 배고픈 소가
자귀나무를 찾아 들어갔다
구르는 돌은 단숨에
강물로 뛰어들었다
차가운 강물 속에는 이무기가 살고
굽은 소나무 위엔 부엉이가 잠을 잤다
번개를 앞세운
천둥소리 몰려와도 소는 나오지 않고
폭우가 내리기 시작했다
검불을 헤집고 소를 찾아 들어가면
난리 통에 돌아가신
그 누구의 남편인지 아들인지 모를
해골이 있었다
육신이 녹아든 계곡에서
귀향의 길을 물어 오는데
어린 나는
무서움에 울음을 터트렸다

4 부

큰 산의 어머니

비닐하우스에서 허리가 굽어진 여인
갈매색 작은 수박을 보고 웃는다
웃음소리 얼마나 크던지 고성 연화산 옥천사
대웅전 아미타삼존옥불 미소를 띤다

벌어진 노란 꽃은 여인의 손을 거치며 오므라들고
그 밑으로 탱탱한 열매가 부풀어 오르는 모습에
식구가 늘어나는 셋째 딸 뱃속 외손자 그려본다
겨울에도 초원 같은 수박밭은 자손을 늘렸다

때론 지쳐 그은 얼굴에 굵은 땀방울 맺히지만
발걸음 소리 들으며 커가는 수박에 중독되었다
한 몸으로 수박이 되었다가 허연 머리통이 되었다가
손짓으로 이름을 부르면 굽은 허리 펴고
빙긋이 웃는 허수아비가 되었다가

비닐하우스는 죽음을 향해 떠나가는 배
북서풍 불고 비닐하우스 위로 눈발이 날렸다
수박은 탈이나 시듦병이 나고 평생 얼굴 마주하고 살던

여인도 병이 나 수의 입고 악수握手하고 멱목幎目한 채
염포殮布 묶인 버선발로 꽃신 신고 눈 덮인 산으로 갔다

상여에 노잣돈을 달며 울면서 따라갔던 사람
수박 한 통 어깨에 메고 붉은 완행버스 타고 집으로 간다
아내의 얼굴과 뱃속의 자식이 문득문득 스쳐 지나가던
무거운 수박이 깃털처럼 가벼워지던 그때
산꼭대기에 허연 눈을 이고 있던 커다란 산

살구나무 속옷

아파트 뜰 안의 살구나무가
속옷을 입고 있다
옆집 아이가 겨우내 날린 연으로
속적삼을 만들어 입고 섰다
바람에 살랑살랑 들춰질 때
생리처럼 꽃송이 하나씩 터지고
육감으로 벌어지는 흐벅진 꽃술에
환장하는 벌떼들의 품방아 얄궂다
옷고름 고쳐 매는 나뭇가지 사이
선홍빛 꼭지가 보일 듯 말 듯한
넉넉한 살품
살짝 감은 눈으로 훔쳐보는 재미가
살맛이 나게 야하다

공간의 일상

문이 열리는 순간 그는 고개를 든다
가구에 옆구리를 점령당한 풍경이다
내 부피만큼 몸을 내어주고
회전의자의 둘레만큼 몸을 내어 주고 투명하다
입에서 귀까지
말이 도달할 수 있는 틈을 내어주고 말갛다
나를 휘감고 나처럼 생각한다
거쳐 지나간 남자와 여자에 대해
그 겨울의 추위와 그 여름의 더위에 대해
한세상에 대하여 생각한다
그가 없었다면 나는 살아가지 못했다
그는 나에게 왜 사느냐고 질문을 던지지 않았다
질문은 그의 일과에 없었다
빛의 먼지로 부유하다가 어둠의 무게로 침전하는 하루
나는 희망을 위해
그는 무엇을 위해 살아가는 것일까
힘없이 닫히는 문
문이 닫히는 순간 고개를 떨군다

가을 소묘

주렁주렁 감 달린 가지를
마른 대나무가 지탱하고 있다
푸른 죽음으로
삶을 받쳐 든 무게가 팽팽하다
감은 백척간두百尺竿頭에서
하늘의 불씨를 모아
자루에 담고 있다
꽁꽁 동여맨 꼭지마다
가을이 가득 차올랐다
감나무가 늘어진 한적한 길
그 아래를 지나던 여자는
젖가슴을 슬쩍 여민다
감나무에는, 지난여름의
햇빛이 영글고 있었다

진샘이

소아마비로 다리가 아픈 진삼이를
아주머니는 진샘이라 불렀다
시골 동네의 고요를 깨트리고
구급차가 달려오면
호밋자루 잡은 흙 묻은 손을 씻지도 못한 채
진샘이를 태워 병원으로 가는 아주머니
천사는 다리가 아픈 천사를 낳아서
세상으로 왔다고 사람들은 말했다
책을 많이 읽는 진삼이는
늘 나를 좋아하고
재미나는 이야기를 해주었다
그런 그를 마음에 담고 다녔다
구급차 경적이 들릴 때마다
우물 속에서 빙그레 웃고 있었다
세월이 흐른 지금은 아주머니가 왜
삼을 샘으로 불렀는지 알 것도 같다

비의 초대

메마른 가슴 해갈시키려고
비는 떨어져 부서진다
비꽃에 잊힌 사람 떠올라 쓸쓸히 웃어본다
후드득후드득 빗소리
차분히 들려온다

옛날의 술집, 흘러넘치는 맥주잔의 거품
긴 손톱, 붉은 입술, 검은 눈동자, 귀밑머리
유리병 같은 목 아련하다

비를 사랑한 나는 말을 잃어버려
눈길로 떠돌 수밖에 없었다
그날도 나는 공중에 동공을 풀었다

빗소리를 읽기 위해 눈을 감자
꿈속에서 여인이 말을 걸어온다
깜짝 놀라 선잠에서 깨어난다

이별보다 어려운 게 있었을까

희뿌연 풍경에 먼 산은 길 떠나고
눈앞의 팔손이 나뭇잎 푸르다

비는 내리고 나는 턱을 괸다
머지않아 비는 그칠 것이다
벽 넘어 한 사랑이 그리운 사람들
비를 부른다

착각

연지공원으로 운동을 갔다
내가 먼저 달리고 아내가 따라온다
아내의 인기척을 느끼면
돌아보지 않고 빨리 달린다
쫓는 경찰과 도망치는 도둑 같다
따라오는 아내의 속도가 갑자기 빨라졌다
나는 헐떡이며 도망가고
따라오면 도망가고
따라와서 도망가다 지쳐, 슬쩍
뒤를 돌아본다
아내는 보이지 않고
생머리에 운동복 차림의
낯선 여자가 추월해간다
저 멀리서 지켜보던
아내의 킥킥킥 포복절도에
창피도 하여 쥐구멍을 찾았다
내 뒤엔 언제나
아내가 따라오는 줄만 알았다

벽 없는 벽

가게에 라면 사러 가는 길
아파트 현관 유리문에 부딪혀
기절한 콩새가 바닥에 떨어져 있다
따뜻하다
깨어나 날아가길 바라며 가만히
나무 아래로 옮겨놓았다
새에겐 벽만 있고 유리벽은 없었다
쓰레기통 위의 고양이가 아는 체를 하는
이상한 움직임에 골몰하다가
슈퍼마켓을 들어서며 유리문에 부딪친다

콩새도 어떤 생각에 골몰했던 것일까?

찬 하늘 현관문 앞
고양이 한 마리가
입가에 깃털을 붙인 채 지나갔다

연인

낙동강 가 해거름 녘
억새가 관중인 농구장
한 개의 골대 아래
남자와 여자가 농구를 하고 있다

멋지게 솟구치며
남자가 슛을 던지고
출렁하는 그물에
여자는 엄지손가락을 치켜세운다

환한 얼굴에
남자의 미소가 수줍게 번진다
반짝이는 강물보다
찬란한 –

나무의 피

추위에 맑게 흐르는
겨울나무의 피는 무색이다
봄의 떨림으로
서서히 푸르러지는 피
모세혈관을 타고
분수처럼 흩어진다
태양을 불러 입 맞추고
여름 태풍에 가지 부러진 나무
푸른 피를 흘렸다
상처가 아문 가을이 오면
고추잠자리 날갯짓에
피는 붉게 변하고
얌전히 내리는 는개에 씻긴
나무의 피는 다시 무색이 된다
피는 변해가는 지조가 있다
지조 없는 붉은 피의 사람들
나무의 피를 마신다

리좀, 교양이 죽었다 살아나는 사회

어둠 속에서 천장을 바라보며 얼마나 시간을 죽였을까 희끄무레 동이 터온다 머리는 헝클어져 갈피를 잡지 못하고 불면은 오래된 친구가 되었다 예고는 받았으나 길이 보이지 않는 겨울밤의 형벌 낙엽 지는 가을 어느 날 바람이 부음을 전했다 논리적 사고가 죽고 말과 표현이 죽고 갑골문이 죽임을 당했다는 전갈 문득 낯설어진 세상 홀로인 나는 작은 울림에도 신경을 곤두세웠다 살려 달라고 외쳤지만, 논리는 설득력을 잃고 말은 허공을 날아가다 담벼락에 부딪혀 메아리로 돌아왔다 갑골문은 거북의 배 속에 있었다 나는 눈물로 명복을 빌며 어둠에 들었다 내가 지워진다면 교양이 살아날까? 가만히 엎드려 넘긴, 놓칠 수 없는 꿈의 시간들 어둠에 내가 지워지자 교양이 꿈틀거렸다 나는 힘을 다해 촉수를 세웠다 눈물 속으로 빛이 들어와 시야가 흐려졌다 불면의 밤, 붉은 핏발은 살아서 가지를 쳤다 아침의 햇살은 핏발을 키웠다 홀로 엎드려 어둠을 건너는 동안 바람이 책장을 넘기며 글을 읽고 갔다 돌아온 바람이 전하는 말, 논리가 흑백을 가리는 수고는 없겠다 표현이 고함을 지르는 일은 없겠다 갑골문이 활자로 태어났다 교양이 살아나 나

를 다시 부른다 나를 미워했던 사람이 한 웃음 웃어준다

평온한 더위

정자나무 아래 대나무 평상 위
모서리를 하나씩 차지한
할머니들이 부채질하고 있다
아무도 모르게 평상을 조금씩 옮기는 그림자
돌 지난 아이는 크게 누워 쌔근거리고
밀짚모자 쓴 채 서 있는 아저씨 옆에
강아지는 긴 혀를 빼고 엎드려 있다
울타리에 앉아 졸고 있는 고추잠자리
꼬리로 등의 파리를 쫓는 젖꼭지가 긴 암소
하늘에 구름 둥둥 떠가고
나뭇잎 끝에 아슬하게 무당벌레 매달려 있고
삶에 매달려도 부질없는 세상이 있다
떠돌며 더위를 파는, 나는
카프카의 변신으로 한 권의 책이 된다

겨울여자

툭진 외투에 싸늘한 마음 붙여왔다 낯선 얼굴로 건네는 말에 멍든다 이따금 이어온 인연 살얼음 깨지듯 금 갈까 가슴 졸인다 일상에 잔잔한 파문을 일으키는 사람, 언제나 타인으로 오는 사람, 겨울의 시계에 맞추어 흔들렸다 흩어진 소문들 사이로 북풍이 불어 붉게 물드는 귀가 시리다 겨울은 불치란 말을 들었을 때 길을 잃어버리고 돌아앉는 그를 보며 눈물지었다 창밖 가늘게 떠는 매화, 가지 위로 개똥지빠귀 한 마리 날아들어 기웃대다 지저귀고 간다 커피 향이 번지고 허약한 정오의 햇살이 대문턱을 넘는다 얄팍한 온기로 마음을 녹여야 한다 하나, 둘, 셋, 넷, 다섯, 여섯, 일곱까지 열둘의 절반이 지나도록·시간을 키우자, 상어 아가리의 하루가 비틀거리며 쓰러진다 그 여자 슬며시 떠나간다 겨울은 늘 낯설다

살아 있는 동안

공원의 늙은 돌배나무 한 그루
파란 하늘을 이고 있는 본치가 힘들어 보인다
시든 잎을 떨어뜨리는 검은 몸통 우듬지 가지
나는 주문을 건다
올해는
죽어라 죽어라 제발 죽어버려라
네가 죽으면 난 너를 베어다가
절을 짓는 주련의 재목으로 쓰련다
해가 바뀌고
봄이 오자 새파란 싹을 틔우는 돌배나무
올여름에도 죽으라고 간절히 빌어야겠다
좀 더 큰 잎을 틔울지

비 오는 날의 졸음

지루한 장마 속으로 불청객이 온다 텅 빈 사무실 책상
과 의자 사이에 낀 몸은 늘어진 채 여문다 의자의 삐걱
거림이 허출하다 멀리서 터지는 뻐꾸기 울음에 벌어진
입을 다물고 낱말을 뒤진다 입은 다시 벌어지고 반쯤 달
아난 머리 앞으로 빗물이 창을 타고 흐른다 눈을 끔뻑이
며 끄덕끄덕 시를 쓰고 있다 어둑한 곳에서 사랑에 대체
할 단어를 일구는 중이다 해거름이 생략된 짧은 저녁이
간다

당산나무

짐 져 침잠하는 사람들
조용히 눈을 감고 두 손을 모은다
당산나무는 침묵으로 전하는
바람을 오색 줄에 매단다
나무에 바람을 전한 사람들
쓸쓸한 모습으로 발걸음을 돌린다
사람들이 떠나간 자리
늙어버린 몸에서 향내 피우고
누군가 던져 모인 돌무더기에
꺼지지 않는 촛불
제 몸인 양 곁에 두고
바람의 무게를 주렁주렁 매단 채
짐 진 사람이 없는, 깨끗한
세상이 오는 기다림에 든다

해설

'아버지'라는 소나타 형식의 천둥소리

김 남 호(시인 · 문학평론가)

1. 제시 : 사부곡思父曲

우리 시에서 우성優性은 '아버지'보다는 '어머니'다. 어머니를 그리워하고 어머니를 노래한 시들이 절대적으로 많다. 그만큼 '어머니'는 독자들에게 잘 먹히는, 손쉬운 소재이다. 오죽했으면 어느 원로 시인께서 "어미 그만 좀 팔아먹어라!"고 했을까. 그러함에도 불구하고 우리는 '어머니'를 팔지 않을 수가 없다. 왜냐하면 '아버지'가 그냥 '말言語'이라면, '어머니'는 귀가 먹먹한 '천둥소리'이기 때문이다.(김양헌, 「아버지라는 말, 어머니라는 천둥소리」)

그런데 여기 예외적인 시인이 있다. 양민주 시인의 첫 시집 『아버지의 늪』은 절절한 사부곡思父曲이다. 총 64편의 시 중에서 '아버지'와 '어머니'가 등장하는 시가 각 10편, 장인, 장모가 등장하는 시가 5편이다. 그뿐만 아니라 시집을 4부로 나눈 가운데 1부에 배치한 시편들은 대부분 아버지를 노래한 것들이고, 시집의 제목에서도 아버지를 강하게 드러내고 있다. 시에서만 그런 게 아니다. 양민주 시인은 시로 등단하기 전에 수필로 먼저 등단했고, 2013년에 나온 그의 수필집 제목도 『아버지의 구두』였다. 시인에게 아버지는 존재의 근원이자 닮고 싶은 지향점이다. 수필집의 맨 앞에 실린 동명의 표제작 「아버지의 구두」 끝부분을 보면 아버지에 대한 그의 절절한 마음을 읽을 수 있다.

장례를 치르고 유품을 정리한 후에는 고흐의 '구두 한 켤레'와는 사뭇 다른 깨끗한 새 구두 한 켤레만 외로이 남았다. 왠지 모르게 아버지에게 선택되어 소임을 다하지 못해 더 슬퍼 보이는 구두, 그 좋아하던 단골 술집 이남댁 가는 길도 익히지 못한 구두, 아버지의 삶을 기록할 수 없었던 새 구두는 아버지의 몸무게나 제대로 읽었을까? 탈상하는 날 구두를 불태우며 처음으로 당신의 발에 맞는 새 구두를 신고 돌아오지 못할 먼 길을 떠나는 아버지의 뒷모습을 보았다. 고흐의 구두는 그림 속에서 말을 하고, 아버지의 새 구두는 나의 그리움 속에서 말을 한다.

– 수필집 『아버지의 구두』 부분

신발로써 걸어온 삶의 역정을 은유하는 건 낯익은 비유이다. 특히 '구두'는 그 구두를 신고 살아온 자의 영욕을 고스란히 담고 있어서 흔적으로 실체를 보여주는 시인들에게는 더없이 좋은 소재이기도 하다. 양민주 시인은 앞의 수필에서 고흐의 그림 '구두 한 켤레'를 보면 아버지가 그립다고 했다. "(고흐의 그림에 나오는) 이 구두는 고흐 자신인데, 한 짝은 생활고에 시달린 슬픈 얼굴이고 다른 한 짝은 고난을 극복한 후의 얼굴"이라는 이생진 시인의 해설을 인용하면서 아버지에 대한 그리움의 근원을 찾는다. 구두를 통한 사부곡은 수필로 풀어내는 데 그치지 않고 고스란히 시작詩作으로 이어진다.

주간신문에 황새 사진이 실렸다
내 눈을 키운 이것은 환영 혹은 고흐
초혼의 적삼 타고 날아온 넋일까

늪은 구두끈을 풀고 황새의 발을 들였다
가는 다리에 한줄기 적막이 신겨지고
두리번거리는 수면의 파문
황새는 번갈아 구두를 한 짝씩 신었다
신겨지지 않은 구두는 이슬에 젖어 목이 꺾이고
신겨진 구두는 입구가 둥글었다

험로에 증표로 떠 있는 낮달
야윈 발목에 큰 구두를 끌고 가는 아버지
간혹 황새가 되기도 하는
그것은 이승과 저승의 삶이 아닐까
— 「고흐의 구두」 부분

이 작품은 수필과 시는 어떻게 다른지를 단적으로 보여주는 좋은 예이기도 하다. 수필에서는 절실한 마음의 갈피들을 섬세한 산문의 언어로 새겼다면, 시에서는 은유와 상징으로 대상이 갖는 정서의 깊이와 부피를 넉넉하게 확보한다. 우연히 신문에 실린 '황새' 사진에서 시인은 아버지를 본다. 시인에게 아버지는 학의 이미지로 각인되어 있기 때문이다. "학의 다리처럼 가는 다리에 걸맞은 커다란 구두는 메마른 땅에서는 흙먼지를 일으키고 진땅에서는 자주 벗겨지곤 했다."(수필 「아버지의 구두」)고 기억한다. 야윈 몸으로 시골에서 근근이 농사일하면서 동생에게서 헌 구두나 얻어 신는 아버지는 학처럼 고고하면서, 학처럼 무능하게 비쳤으리라.

이런 아버지에게 세상은 거대한 늪이었고, 황새처럼 가늘고 긴 다리를 가진 아버지는 그 늪을 건너기 위해 번갈아가며 한 짝씩 구두가 벗겨지는 수모를 겪어야 했을 것이다. 산문적인 이 상황을 시인은 이렇게 묘사하고 있다. "늪은 구두끈을 풀고 황새의 발을 들였다/ 가는 다리에 한줄기 적막이 신겨지고/ 두리번거리는 수면의 파문/ 황새는 번갈아 구두를 한 짝씩 신었다" 산문으로써 닿을 수 있는 지점과 시로써 닿을 수 있는 지점을 오가며 시인은 아버지에 대한 사랑과 존경을 곡진하게 그려서 보여준다. 다음은 시집에서 '아버지'라는 낱말이 들어 있는 부분을 눈에 띄는 대로 옮겨온 구절들이다.

관속에 누운 아버지, 거북처럼 고요하다
그리움 용머리처럼 치뜨는 불, 냉기가
뼛속까지 스며들며 운다

-「리좀, 상량을 그리다」 부분

이길 수 없는
전쟁이란 걸 알면서도
해마다 아버지는 성을 쌓았다

-「양파 산성」 부분

아버지는 웃으며 관람료를 주시고
나는 시골길 십 리를 내달리며
느리게 오는 밤을 기다렸다

-「가설극장」 부분

흐르지 않는 물은 아버지보다 강했습니다 아버지의 손에
는 보리이삭이 한 움큼 잡혀있었습니다 태풍이 지나갔습
니다 지친 아버지는 흐리고 조용합니다

-「낙동강」 부분

아픈 삭신에 험한 물길 건너는
아버지의 척추를 밟고
외나무다리를 건너지 못하는 나

-「외나무다리」 부분

북새에 낙동강을 바라보면

간이 딱딱하게 굳어서
돌아가신 아버지가 생각난다

-「개와 늑대의 시간」 부분

이 구절들만 봐도 아버지에 대한 시인의 마음이 어떤
지 짐작하고도 남음이 있다. 새집을 짓고 상량문을 쓰던
젊은 아버지에서 투병 끝에 생을 마감하고 관속에 누운
아버지에 이르기까지, 가난과 싸우느라 '양파산성'을 쌓
는 아버지에서 태풍에 창자가 쥐어뜯기며 무너지는 아
버지에 이르기까지, 가설극장에서 자식에게 환상을 심
어주던 낭만적인 아버지에서 앙상한 등을 내주며 자식
에게 외나무다리가 돼주던 고전적인 아버지에 이르기까
지 아버지에 대한 기억의 프리즘은 폭넓다. 아버지에 대
한 그리움은 다음 시와 같은 짤막한 삽화를 통해서도 잘
드러난다.

아버지 기일에
세 아버지가 모였다
모습이 닮은 아버지와
성질이 닮은 아버지가
바둑을 두고 있다
정적이 기웃거린다

"형님, 그곳은 축머리입니다"

모습과 성질이 닮은
　　아버지가 훈수를 둔다

　　병풍 앞의 아버지
　　빙그레 웃고 계신다
　　　　　　　　　　　　 － 「피는 진하다」 전문

　여기서 '세 아버지'란 아버지 닮은 두 형제와 아버지의
영정으로 이해하면 그림이 그려진다. 형제 중 하나는 아
버지의 모습을 닮고 하나는 아버지의 성질을 닮았다. 닮
은 두 형제가 제사상이 차려지는 동안 바둑을 둔다. 그
장면을 보고 병풍 앞의 아버지 영정이 빙그레 웃고 있
다. 두 형제를 밑변으로 삼고 아버지를 꼭짓점으로 삼은
이등변삼각형의 이 구도는, 아버지라는 존재를 중심으
로 핏줄만이 가능한 포근하고 따뜻한 풍경을 만들어준
다. 한가지 간과할 수 없는 것은 모습과 성질이 닮은 한
형제가 더 있어 훈수를 두고 있는 점이다. 바둑에서 구
경꾼으로 훈수를 두는 사람이 없으면 재미가 없다. 세상
일에 훈수를 두듯 약방의 감초 같은 역할을 한 생전의
아버지와 훈수를 두는 시인이 판박이로 닮았다는 뜻으
로 풀이된다. 시집의 표제작인 「아버지의 늪」을 한번 보
자.

　　오줌 마려워 잠 쫓아 눈 비빌 때
　　새벽잠 없던 아버지

내 머리 쓰다듬으며
호젓이 한 말씀 던지셨다
기러기들이 소벌牛浦의 숨구멍 찾아간다고

(……)

새벽 동살이 잡혀 올 때
우포늪 위로 커다란 보름달 사위고
기러기가 하늘을 훨훨 날았다

– 「아버지의 늪」 부분

바야흐로 찬바람이 문풍지를 울리는 한겨울 굽이치는 낙동강과 우포늪 사이 야트막한 산 밑에 고향을 둔 시인이 어릴 적 아버지와 따뜻한 이불을 덮고 잠을 자다가 나누는 대화이다. 새벽녘 지붕 위를 날아가는 기러기 노랫소리 들려오던 정겨운 풍경을 떠올리곤 지금은 삶의 터전인 늪에서 기러기처럼 훨훨 날아서 가버린 아버지를 그린다.

2. 발전 : 사모곡思母曲

자상하고 희생적인 아버지에 비해 시에 나타난 어머니는 상대적으로 엄하고 강하다. 엄한 아버지와 자애로운 어머니라는 전통적인 부모의 상像이 이 시집에서는 전도

顚倒되었다. 야윈 몸으로 생활력이 약한 아버지에 비해 생계를 꾸려 나가기 위해 강인해야만 했던 어머니는 시인에게 상처를 주기도 했을 것이다.

> 나는 여동생에게 시비를 건다
> 오빠가 밉다는 여동생
> 악에 받쳐 고함을 지르면
> 그 소리에 놀란 어머니
> 부지깽이 들고 달려온다
> 벗겨지는 신발을 버리고
> 키 큰 수수밭으로 뛰어들어
>
> (……)
>
> 머리 숙여 생각하면
> 평생을 갇혀 나오지 못할
> 그런 수수밭이 있다
>
> ―「수수밭에 들다」부분

여동생을 괴롭힌 대가로 어머니의 부지깽이에 쫓겨서 수수밭에 숨는다. 수수의 긴 잎이 모습을 가려주고, 수수밭을 스치는 바람 소리가 거친 호흡을 앗아가지만, 어머니의 발걸음 소리에 놀라서 지저귐을 멈춘 오목눈이처럼 시인은 움츠러든다. 그때의 기억에 주박呪縛당한 시인은 평생을 그 수수밭에서 나오지 못한다. 물론 그 수수밭 바깥에는 부지깽이를 든 어머니의 푸른 서슬이 기다리고 있다. 그러나 자식의 기억 속에 남아 있는 상처란 대개 일방적인 오해의 산물이다. 특히 남아선호 사상이 지배하던 시절, 아들에 대한 어머니의 사랑은 금기禁忌의 형식으로 드러나기 때문에 더욱 그렇다. 긍정의 형식이 아닌 부정의 형식으로 표현된 사랑은 온기가 아닌 냉기에 가깝기에 그 이면을 깨닫기 전에는 마음의 동상을 입기에 십상이다. 이를테면 이런 식이다.

> 사내새끼는 부엌에 들어오지 말라고 했다 아궁이에 불을 지펴 밥을 짓고 싶은데 어머니는 자지가 삐뚤어진다고 부엌에 얼씬도 못 하게 했다 사내로 태어난 것을 후회하며 자지를 떼버리고 싶었다 부엌에는 개다리 밥상, 사기그릇, 박바가지, 나무주걱, 수저통, 대소쿠리, 드므가 있었다 청솔가지 불에 가마솥처럼 눈물 흘리는 어머니가 있었다
>
> ─「부엌」 전문

어머니로부터 분리를 두려워하는 아이는 어머니 곁에 있고 싶은데 어머니는 단호하고 매몰차게 부엌이라는 금남禁男의 공간에서 아들을 축출한다. 아들을 축출함으로써 아들 스스로가 남성임을 깨닫게 하고 남성으로서의 역할을 수행하도록 강요한다. 성性이란 이렇게 사회적으로 형성되고 강화되며 고착되는 것이다. 우리는 이것을 두고 생물학적으로 나뉘는 '섹스sex'와 구분하여 '젠

더gender'라고 한다. 그러므로 '젠더'란 남근男根이 주는 상처의 다른 이름이다. 즉 남성은 남근이 있음으로써 고통받고, 여성은 남근이 없음으로써 고통받는다. 자신이 여성이 아니라 남성이라는 것을 인식하는 순간부터 (혹은 그 반대의 경우로) 우리는 부끄러움을 알게 된다. 비로소 죄罪가 성립되고, 벌罰이 가해지는 것이다. 그러므로 이렇게 옷이 벗겨지는 것만으로도 벌이 될 수가 있다.

경고, 수영금지
알몸으로 멱을 감다가
교장 선생님께 들켜
더위가 내리는 운동장에서
여자 친구들이 보는 앞에서
발가벗은 모습으로 잡초를 뽑았다

　　　　　　　　　　　　　　　　－「운동장」부분

위의 「수수밭에 들다」 「부엌」 「운동장」의 시는 설여說與한 내용과 달리 단순히 동기간 싸우면서 자라온 과정의 추억, 어머니의 애면글면 이루고자 하는 힘겨운 삶, 어린 시절 멱을 감다 빠져 죽는 아이들이 있어 개울에서 멱을 감지 못하게 하였는데 이를 어겨 발가벗고 벌을 받는 이미지의 시로 읽힘도 염두에 두어야 한다. 그만큼 시인의 시는 다양하게 읽힌다.

3. 재현 : 리좀, 사부곡思父曲

상징계에서 볼 때 아버지는 법法이다. 그만큼 억압으로 존재한다는 뜻이다. 부정否定과 금기禁忌가 아버지를 만든다. 반면에 어머니는 자연이다. 모든 것을 품고 키우며 생산한다. 그래서 어머니는 긍정肯定과 포용包容이다. 이런 생각의 연장선에서 태어난 것이 대지모신大地母神 사상이다. 땅이 곧 어머니라는 것이다. 땅은 생활의 터전으로, 그리고 만물의 근원으로 여신의 지위를 획득했다. 옛사람들은 여성의 몸이야말로 가장 이상적인 자연이라고 봤고, 풍수학에서 말하는 가장 이상적인 지형도 여성의 몸을 닮은 곳이라야 했다. 그러므로 시인에게도 어머니는 산에 다름 아니다.

> 산꼭대기
> 안개가 웃고 있다
> 들솟고 있는 안개를 보며
> 걸림이 없음을 욕심낸다
> 산과 하늘의 경계엔
> 소리 없는 정경이 흐르고
> 돌너덜 초록의 나무는
> 억수에 씻긴다
> 비 오는 날의 습관으로
> 먼 산을 바라보면

하얀 머리카락의
어머니가,
웃고 계신다

- 「산의 얼굴」 전문

전통적인 가부장제의 인식에서 산은 마땅히 아버지의 몫이다. 산은 하늘의 존엄과 맞먹는 위엄을 지니는 터라 아버지의 죽음은 하늘이 무너지는 것과 같다고 천붕天崩이라고 하지 않던가. 거기와 비교하면 어머니의 죽음은 지붕地崩, 즉 땅이 꺼지는 것과 같은 절망으로 인식하는 게 항간의 정서였다. 그러나 시인은 산을 어머니의 것으로 귀속시켰다. 명예와 권력을 후광으로 거느린 입신양명의 공덕이 있어서가 아니다.

시인은 "비 오는 날의 습관으로/ 먼 산을 바라보면/ 하얀 머리카락의/ 어머니가,/ 웃고 계신다"고 했다. 안개 낀 산의 자태가 흰 머리카락으로 웃는 어머니의 모습이다. 안개가 걷히고 나면 어머니는 억수에 씻긴 말간 산으로 남을 것이다. 어머니에게 시인은 지순한 헌신의 대가로 '산'을 봉헌한 것이다. 그러니 봄철 가뭄에 바싹 마른 산이 불에 타들어 갈 때 시인의 마음은 어떠했겠는가.

황사 자욱한 산의 늑골에
산불이 피어오른다

어머니 쪼그라든 젖가슴에
가뭄이 들었다
여기저기 물을 대느라
손바닥이 갈라 터지고 말라서
낙엽처럼 가벼워져 날아갈 것 같다
수분이 빠져나간 자리
가뭄 든 사실조차 잊어버리고
마중물을 찾는다
외가 앞을 가로 흐르는 시냇물
맑은 물이 있다고 길을 나선다
오래된 기억만 살아남는, 아름다운
병이 깊어가는 줄 아는지 모르는지
야위어 뼈가 앙상한
황사가 심한 봄날에 다녀와서는
해갈되길 간절히 빌고 빌었다
산불을 눈물로 끌 수 있다면 그믐밤의
짐승처럼, 나는 영원히 울음 울겠다

–「가뭄」 전문

대지는 곧 어머니다. 하여 대지의 가뭄은 곧 어머니의
가뭄이고, 타들어 가는 것은 산뿐만이 아니다. 말라가는
논밭에 물을 대느라 어머니의 손바닥은 논바닥처럼 갈
라 터지고 수분이 사라진 몸은 낙엽같이 바스러진다. 물
을 불러올 마중물 한 방울 없고, 어머니는 어릴 적 친정
앞을 가로 흐르던 그 물줄기만 기억하고 친정을 간다.

거긴들 물이 있을 턱이 없다. 병든 몸이 병든 대지를 위해서 할 수 있는 거라곤 간절히 빌고 또 비는 일뿐이다. 그런 어머니를 곁에서 지켜보는 시인의 안타까움은 처절하다. "산불을 눈물로 끌 수 있다면 그믐밤의/ 짐승처럼, 나는 영원히 울음 울겠다" 어머니에서 이웃으로, 이웃에서 세계로 확장되면서 동심원을 그리듯 퍼져나가는 시인의 울음이야말로 그가 빈번하게 제목으로 사용한 '리좀Rhizome'이 아닐까? 또 다른 어머니에 관한 시를 한 편 보자.

> 비닐하우스에서 허리가 굽어진 여인
> 갈매색 작은 수박을 보고 웃는다
> 웃음소리 얼마나 크던지 고성 연화산 옥천사
> 대웅전 아미타삼존옥불 미소를 띤다
>
> (……)
>
> 비닐하우스는 죽음을 향해 떠나가는 배
> 북서풍 불고 비닐하우스 위로 눈발이 날렸다
> 수박은 탈이나 시듦병이 나고 평생 얼굴 마주하고 살던
> 여인도 병이 나 수의 입고 악수握手하고 멱목瞑目한 채
> 염포殮布 묶인 버선발로 꽃신 신고 눈 덮인 산으로 갔다
> —「큰 산의 어머니」 부분

큰 산의 어머니를 한자로 쓰면 악모岳母다. 악모는 편

지글 등에서 장모丈母를 이르는 말이다. 그러므로 어머니에 대한 시가 아니라 장모에 대한 시로 보아야 한다. 어머니에서 장모로 퍼져 나왔다. 장모는 비닐하우스에서 "수박에 중독되었다가/ 한 몸으로 수박이 되었다가 허연 머리통이 되었다가/ 손짓으로 이름을 부르면 굽은 허리 펴고/ 빙긋이 웃는 허수아비"가 되고만 등이 굽은 산이고, 마침내 비닐하우스에서 수박과 함께 종천終天하여 눈 덮인 산으로 돌아간, 수박처럼 붉고 뜨거운 산이다.

반면에 큰 산의 아버지는 악부岳父로 장인丈人을 뜻함을 알 수 있다. 장인에 대한 그리움의 시는 다음을 들 수 있겠다.

장맛비 지루하게 퍼붓던 초여름 날, 장인은 처남이 죽은 한날한시에 말없이 눈을 감으셨다 세상에 이런 일이 생길 수 있나

비가 잠시 갠 이른 아침, 천지를 여름 안개가 포근히 감싸고 있다 순백한 안개는 자식을 먼저 보낸 아버지의 길이었다

잡아도 뿌리치고 장인은 아들을 찾아 큰 산으로 가셨다 장맛비 지루하게 퍼붓던 초여름 날

－「여름 안개」 전문

이 시에서 장인은 참척慘慽의 아픔으로 삶을 살다간 위인이다. 그 애절함으로 자식이 죽은 한날한시에 장맛비 지루하게 퍼붓던 초여름 날 '큰 산으로 가'는 피안彼岸의 세계로 땅보탬을 한다. 단장지애斷腸之哀로 생을 마감한 장인을 잊지 못한다.

시인에게 부모로 통하는 아버지, 어머니, 장인, 장모는 서로 배척하지 않으면서 수평적으로 접속해 나가는 이상적 '리좀Rhizome' 형태로 체현된다.

4. 결어

문약하면서도 가장으로 해야 할 도리를 다하기 위해 발보다 더 큰 궤적을 그리며 허덕였던 '아버지의 구두'에서, 늙어 앙상한 몸으로 물을 찾아 두타頭陀행을 실천하였던 '어머니의 비손'을 거쳐, 두 사람의 무덤 사이에 파인 '먹먹한 구멍' 앞에 이르러서야 비로소 시인은 아버지와 어머니의 손을 서로 맞잡아 드린다.

어머니와 아버지가 나란히 누워있는
무덤 사이에 짐승이 구멍을 파놓았다
아버지가 시킨 것일까
어머니가 시킨 것일까
산 위에 외로이 정박하셨던 아버지는

어머니가 보고 싶었을 테고
세상에 외로이 표류하셨던 어머니는
아버지가 그리웠을 터이니
나란히 눕자 가만히 손을 잡아 볼
구멍 하나 필요했을 것이다

(……)

오늘은 무덤 사이에서
마음의 구멍으로 빛이 든다
구멍을 파는 짐승이
내 가슴을 먹먹하게 한다
서로 손잡게 하는 그리움에 갇혀 운다
－「먹먹한 구멍」 부분

양민주의 사부곡은 사모곡을 위한 전주前奏였고(제시부), 사모곡은 사부곡을 더욱 확장하며 다양하게 변주變奏하였고(발전부), 마침내 사모곡의 형식으로 사부곡을 완성한다(재현부)는 점에서 이 시집은 '제시–발전–재현'이라는 전형적인 소나타의 형식을 취하고 있어 큰 울림을 준다. 아버지나 어머니를 그리워하며 그 부재를 노래하기는 쉽다. 그러나 어느 한쪽의 부재를 통해서 다른 한쪽의 알리바이를 제시하는 건 쉽지 않다. 거대한 어머니에 대한 경외敬畏와 아득한 아버지에 대한 그리움이 교차하면서 빚어내는 이 시집의 무늬와 톤은 소박하고 차분하다. 또한, 수필가의 탄탄한 문장과 시인의 예민한 감각이 만나서 빚어내는 시편들은 과장과 비약이 없어서 투명하고 정확하다. 시를 놓고 기교로 '잘 쓴 시'와 어눌하게 '좋은 시'로 구분을 지어 볼 때 시인의 시는 후자에 가깝다.

언술하지 못한 다른 작품에서도 드러나듯 시인의 시는 인간 세상과 우주 만물을 대하는 마음의 눈이 「산의 눈길」처럼 그윽이 열려있다. 그에게는 타고난 시인으로서의 재능과 시에 대한 열정, 선비다운 염결함과 지사다운 강직함이 있기에 앞으로 펼쳐질 그의 시업에 박수와 기대를 보낸다.